# 시화詩畵에서 꿈꾸기

조영자 시집

가림출판사

# 시와 그림의 꽃돗자리를 펴며

시와 그림을 한 작품 안에 어우르는 것이 꿈이었습니다. 극도로 전문화된 스피드시대에 詩·書·畵를 어우르고 싶은 꿈은 많은 시간과 땀을 요하게 하였습니다. 시의 길이 멀고도 험난한 길임을 깨달았을 때는 세월의 여울목에 서 있게 되었습니다. 그 동안 바늘을 만들기 위해 쇠막대기를 가는 마철저(磨鐵杵)를 되새기며 우직스럽게 갈고 닦아왔습니다.

이번에 내는 첫 시집『시화詩畵에서 꿈꾸기』에 수록된 시의 세계에는 편중 없이 知와 情을 어우름과 동시에 사라져 가는 서정성을 꽃피우고 싶었습니다. 비록 현실이 용납하지 않아도 마음은 어느새 어머니, 고향, 유년으로 줄달음치니 어찌 서정성을 손사래칠 수 있겠습니까. 특히 시와 그림을 어우름에 있어서 자동차 행렬에 신음하는 시멘트 가루나 불 지지는 쇠붙이의 용접소리는 피하고 싶었습니다.

2001년에는『시와 그림이 있는 세계』라는 시화집 출간과 더불어 문인화 개인전을 열었습니다. 그 당시에는 자작시가 많지 않아 어려운 한시와 화제집에서 그림의 화제로 인용하기도 하

였습니다. 그 때 모국어 시 공부에 열정을 쏟으리라 결심하였
습니다.

　지난 몇 년 동안은 시의 창작에만 몰두해 왔습니다. 문인화
나 동양화의 화제로서 비교적 호흡이 간결한 시도 곁들여 구상
해 보았습니다. 난산으로 세상에 나온 이『시화詩畵에서 꿈꾸기』
가 詩畵를 사랑하는 동호인들과 독자들에게 가까이 다가설 수
있기를 바랍니다.

　시의 원고에서부터 해설까지 자상하게 지도해 주신 황송문 교
수님께 깊이 감사 드리며, 졸고를 책으로 출판해 주신 가림출판
사 강선희 사장님과 지창영 실장님께 고마운 뜻을 표합니다.


　내 마음 밭에 퇴비를 뿌려주고 묵묵히 지켜보아 준 남편에게
먼저 이 책을 드리고자 합니다.


2005년 가을, 여의도

清心齊에서 조 영 자

차 례

시와 그림의 꽃돗자리를 펴며

I. 시와 그림의 꽃돗자리

## II. 먹을 갈며

## Ⅲ. 여의나루에서

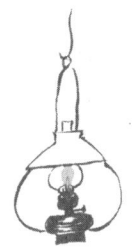

# Ⅳ. 꺼지지 않는 등불

## V. 추억을 더듬으며

# Ⅰ. 시와 그림의 꽃돗자리

# 약 수

내 가슴속에서는
약수가 용솟음치고 있다

마음의 자유천지엔
푸른 물이 솟아올라
마른 대지를 적시고 있다

풀꽃 드리운 물줄기에는
무지개 구름,
산새와 바람이 함께 산다

향기로운 이야기를 담은
샘물을 길어 올리려고
오늘도 모래알을 들썩이고 있다.

# 소복이대 素服二代

초가지붕 위로
뻗어 오른 줄기 끝에
박꽃은 박을 낳고
박은 박꽃을 추모했네

가을 저녁 황혼에
청상靑孀이 내는 시음詩吟인가
서리 까마귀 우짖는 달밤에
박덩이만 둥실 떠있네.

# 청상 青孀

초여름 해질 녘 초가지붕
젖빛 얼굴에 윤기 자르르한 머릿결
새하얀 옷으로 갈아입은 박꽃은
무슨 사연 있기에 흐느끼고 있는가

비바람은 농심으로 재우고
뿌리, 줄기는 물을 길어
햇살을 부지런히 모으더니
천둥 울고 비가 지나자
덩실한 박을 키워내었구나

별들이 소곤대는 밤
홀로 보기 아까운 유복자를
감싸안은 채 말라 가는 잎
앙상한 줄기를 바람에 맡기고
귀뚜라미 소리에 눈을 감는다.

# 초청장

석류가 수줍어 간직해온 가슴을 풀어헤칠 즈음
당신을 나의 별장으로 모시고 싶습니다

나지막한 산자락이 보듬고 있는
초가집 뒤란의 대숲병풍 지붕에는 박이 두세 개,
마당 귀 한쪽엔 석류나무 한 그루
외롭지 않게 그 옆에 감나무도 한 그루,
가지마다 주먹만한 루비를 달고 있는
흙돌담 아래 국화, 장독대 옆에는 꽈리가 초롱을 밝히고
달밤이면 창에 성긴 그림자를 비춰주는 매화 등걸
텃밭 장다리꽃 위에 고추잠자리 맴도는

오시는 길섶에 코스모스 행렬
미루나무 우듬지의 까치와 함께 마중을 나가겠습니다
집 앞, 휘돌아 흐르는 시냇물에 하얀 목화송이 얼비치는
목화밭 언덕 위에 시리도록 푸른 하늘
그 하늘 호숫가로 당신을 모시고 싶습니다

올 가을, 감이 붉게 타오를 즈음 사뿐히 오시옵소서.

# 눈보라 치는 날엔

눈보라 치는 날엔 눈꽃 날개 달고
그리운 사람을 찾아갈 일이다
그도 잊고 지내던 거문고를 찾아
헐렁해진 줄을 조율하고 있을지도 몰라

눈꽃이 날개를 펴는 날엔
메아리 없는 이름을 불러볼 일이다
그도 몰아치는 물살에 밀리며
정신 없이 뛰고 있을지도 몰라

눈송이가 저렇게 설레는 날엔
녹차 잔에 쪽배 띄워
추억의 강을 노 저을 일이다
그도 오늘 같은 날은, 오늘 같은 날은
이미 이리로 오고 있을지도 몰라.

# 한 마리 새

내 안에 한 마리 새
온갖 파장을 일으키다
홀연히 자취를 감추기도 하고
햇살 맑은 날, 오수를 즐기다가
언덕에 먹구름이 몰려오면
거친 기류를 알리는 듯 우짖는다

무지개나 별을 쫓을 때
소용돌이치는 흙탕물을 건널 때
절벽에 드리워진 꽃을 꺾으려 할 때
새는 주문을 외우고 날개를 퍼덕이며
강 언저리를 맴돈다

때론 박쥐처럼 달라붙어
파장을 일으키는 그림자를
지우고 싶어 창을 열어젖혀
센바람을 불러들이고
휘저어도 휘저어도 날아가지 않고
강바닥에 홀로 앉아 더부살이한다

별을 향한 숨결이 다 하는 날까지
그림자와 함께 가야한다면
귀 기울여 헤아리며 아침을 열리라.

# 시론詩論 1
— 이런 시를 쓰고 싶다


울고 싶은 날
달랠 수 있는 말 한마디

그리운 이에게 펜을 들 때
떠오르는 한 구절

삶이 속이는 날
어머니의 음성 같은 메아리

등불의 촉수를 높이고 싶은 날
샹들리에 같은 시를 쓰고 싶다.

# 시론 詩論 2
— 왜 시와 그림을 아우르나?

독수리의 날개와 발톱을
정신 없이 그리고 보니
속셈이 보이지 않는다

 그 안을 그리고 보니
발톱과 날개가 보이지 않는다

안과 밖을 동시에 그릴 솜씨 없어
밖을 그리고 안을 땜질하다가
때론 안을 그리고 밖을 덧칠한다

이제는
우주의 정기로 시를 짓고
시의 힘으로 독수리를 그린다
詩 · 畵는 서로 섞고 반죽을 하고…

# 돌아가리

강가에 한가로이 외다리로 선 백로
무엇을 궁리하느라 저리도 고요하나
시간의 피륙을 굽이굽이 풀고있네

내 뜰 안에 심어둔 시와 그림은
언제쯤 피어올라 벌 나비 부를까
쉬임 없이 흐르는 강물을 보네

나도 속진을 털고 산골로 들어가
물소리 새소리 베고 누워 잠들다가
누에처럼 일어나 명주실을 뽑고싶네.

# 하늘에서 누군가

하늘에서 누군가
갈매 빛 물감을 쏟았는지
산과 들이 초록으로 물들었네
풋풋한 연두 옷이 좋아
봄 언덕 시냇가를 한나절 쏘다녔네
돌아와 가슴을 열어보니
내 안에도
시어詩語가 파릇파릇 돋아있네.

# 서귀포 해돋이

온누리 보석상자가 한꺼번에 쏟아지는가
천만 물 이랑이 반짝이고
왈츠로 출렁이는 축제의 마당에
타는 눈빛으로 솟아오르는 초인
눈부신 빛의 길을 달려가면
두 팔로 덥석 안을 것만 같네

나는 부나비 되어 뛰어들고 싶네.

# 향 촛불

어머니날 딸이 보낸 작은 향초 스무 개
장미 · 복숭아 · 인동덩굴 · 아카시아, 파래, 바닷바람…
빛깔과 향이 각각이다

삶의 물결이 잔잔할 때는 장미향으로
성난 파도에 한 발짝 물러설 때는 바닷바람 향으로
산처럼 일어서 나의 모두를 걸어야 할 때는
인동덩굴 향초를 밝힌다

빛을 찾아
설산雪山의 면벽面壁과 골고다 언덕을 그려보지만
성자의 말씀은 반짝이다 아스라한 동굴 속으로 명멸하고
나는 원시림 속에서 길을 잃는다

이럴 즈음
촛불 아래서 눈을 감는다
멀리 깜빡이는 등대
복숭아 향이 나를 휘감는다.

# 떠나 보내며

꽃가마도 없이
넘어가는 고갯길에
노을이 타오른다

돌아보고 또 돌아봐도
문패 없는 집 바람벽에
시래기 타래 드리웠고
텃밭을 맴도는 고양이
허기진 듯 울어댄다

윤기 흐르는 머릿결에
들꽃이라도 꽂아 줄 걸
청남색 옷고름에
오색 복주머니라도 달아 줄 걸

옥양목 치마저고리 입혀
떠나보내는 에미
아득한 길섶에
달맞이꽃도 손을 흔들었다.

# 시를 수놓으며

빛과 향기 짙은 말씀을
문마다 붙여두고
일상의 연자매 돌리며
가슴에 시를 새겼다

계절의 건널목
고향의 물결소리 밀려올 때
너와의 속삭임은
창공을 치솟는 날개였고
자투리 시간을 줍던 고갯마루
그 소나무 솔바람 결에
여기까지 지내왔다

기울어지는 그림자
풀숲이 우거진 골짜기에서
깜박이는 반딧불을 찾는다

가물거리는 심지를 돋우고
이 밤도 시를 수놓는다.

Ⅱ. 먹을 갈며

# 먹을 간다

먹을 간다

창 밖에는 바람이 가고
널려진 세간 어지러워도
사념의 안개 잠재우고
만월이 연못에 얼비칠 때까지
맑은 마음으로 먹을 간다

묵향을 사르는 제단에
뽀얀 가슴 펼치고 눕는 화선지
처사處士의 기침소리 붓끝에 일어설 때
제왕보다도 지고한 자리에서
살아 숨쉬는 획을 꿈꾼다

뇌리를 스치는 한 줄기 바람
바위로 우뚝 서기도
난 잎으로 피어나기도 하는
흑수정 연못 언저리에
꼿꼿한 대나무 선비가 사는 그림
그 앞에서
옷깃 여미며 먹을 간다.

# 빙벽 氷壁 1


문인화를 그리자고 버린 종이가 태산이다
이 번에는, 이 번에는 하지만
오르는 길이 빙벽이다

갈 길은 먼데
「쇠막대를 갈겠다磨鐵杵」*던 다짐은 어디 가고
이리도 촐랑이며 양철냄비처럼 들끓나
쓰다듬던 붓대를 꺾고 난 후
차마 거울 앞에 설 수도 없다

새삼 힘주어 주먹을 쥐어본다
어디 지름길이 보이더라도 에두르리라
잎 그늘에서 여물어 가는 박처럼
속으로 영그는 석류처럼 천천히
고개 숙이고 빙벽 앞에 다시 선다.


*마철저(磨鐵杵): 옛날 당나라 이백이 상의산에 공부하러 갔다가 뜻을
이루지 못하고 하산하는 길에 계곡에서 한 노인이 바늘을 만들
기 위해 쇠막대기를 돌에 갈고 있는 광경을 보고 크게 깨우쳐,
그 길로 다시 입산했다는 고사를 인용. 마철저는 화자의 좌우명
이기도 하다.

# 빙벽 氷壁 2

화조花鳥를 그린다

새벽이 오는 줄도 모르고
눈썹 달이 쟁반 달로
커 가는 줄도 모르고 매달린다

꽃이 방긋하면 잎이 늘어지고
잎이 생생하면 꽃이 고개를 떨구고
꽃과 잎이 팔팔하면
바위가 솜뭉치로 가라앉는
빙
벽
타
기
별표 한 날은 왔는데
개개풀어진 눈빛으로 누워있는 꽃과 새가
나를 보고 배시시 웃는다
사품에 화선지를 움켜잡고
덫에 치인 짐승처럼 몸부림치다가

꽃뱀 혓바닥 같이 날름거리는
붓에 이끌리어 또 잡는다

숨을 몰아쉬며 빙벽 앞에 다시 선다.

# 등꽃

연보랏빛 꽃 숭어리
자수정 발을 드리운
등나무 꽃 그늘에
목을 감고 재재거리던
제비 한 쌍
그네를 탄다.

# 나팔꽃

눈빛도 향기도 맑은 소녀야
이 밤도 한 뼘씩
너에게로
소리 없이 뻗어간다

꿈의 샛별 소녀야
여름날 아침
너의 창가에서 피려고
이 밤도 한 층계씩
소리 없이 발돋움한다.

# 모란 꽃밭에서

연지빛 비단 저고리에
청남색 치맛자락
어느 귀족의 행렬인가
푸른 바람에 너울대는
모란꽃밭 위로
나는 오월을 나는
한 마리 나비가 된다.

# 이른 봄 소묘

연 옥빛 바람결이 놀다 간 자리
무언가 스멀거리는 듯 하다가
기척이 들리는 듯 하다가
밤사이 비 온 후
소리 없이 파아란 피켓을 들고
일제히 뛰쳐나온다

아늑한 혁명인가 보다.

# 석 류

소박한 가슴에 품은 사랑
향기로 맛으로 고이 익혀서
그대 은쟁반에 오르고 싶네
알알이 농익은 이 빛깔
그대 가슴 물들이고 싶네.

# 연蓮

이슬 맺힌 연잎에
산뜻이 단장하고
봉곳이 올라앉아
새벽 예불을 올리네
스쳐오는 맑은 향에
나도 한 송이 인연으로
가슴속 검불을 쓸어내니
온 세상이 밝아오네.

# 해바라기

눈부신 얼굴 바라보는 사이
빛을 잉태하여
알알이 불을 배었네

숱한 열매로
어둑한 거리에 뿌려
꽃을 피우면
연등행렬이 되겠네

눅눅한 거리에서 뒤척이는
야윈 가슴 가슴마다
꽃 한 송이 한 송이씩
연등으로 달아주면 되겠네.

# 동백꽃

눈보라 휘날리는 계절의 끝자락
다홍으로 피어오르는 님이여
일찍이 큰 뜻을 품고 떠나간
어느 초인을 그리는 넋인가
벌 나비 알리 없는 언 땅에
핏빛 가슴을 풀어헤친 여인이여.

# 참 새

아파트 밀림지대
햇빛 아롱이는 잎 사이
조롱조롱 앉아
무슨 애긴 할까

산토끼 숨바꼭질하는 숲 속
소풍가자는 걸까

산 마을 양지쪽
삽살개 조는 집
멍석에 곡식 말린다는 애길까

쨋쨋, 갸웃, 포르르—
일제히 나들이 간다.

# 독수리

깊은 산 암벽
깎아지른 벼랑 끝에
둥지 틀고 천리를 보는
눈빛이 서늘하여
하늘을 주름잡는다

파도 굽이치는 바다와
험난한 봉우리를 넘나드는
자유의 날개 짓에
만고불변의 기상이
훠얼 훨훨 살아난다.

# 겨울 나그네

아득한 북쪽 하늘로
줄지어 날아가는 기러기 떼
공중에는 길이 있어 쉬이 가는가

강 언덕 갈대밭에
숱한 이야기 묻어두고
밤이면 달무리에 군무를 펼치다가
물 속의 별을 노래하다가
돌아올 기약 없이
바람처럼 구름처럼 떠나가는가

훤히 보이는 울타리
허물지 못하는 마음자락
맨발로 뛰놀던 고향 길
그리움에 사무친 노래부르며
길 없는 길을 나도 가네.

# Ⅲ. 여의나루에서

# 존재 存在 1

투명하게 빛나는 가을 하늘은
누구의 눈빛일까
가지마다 쏟아져 내리는 열매를
영글게 쓰다듬는 햇살은
누구의 손길일까
파르르 내려앉는 단풍잎 하나 하나에
체온을 불어넣은 이는 누구일까

지내오며 감추기만 하시던 후광,
가을 하늘에 오로라*로
에메랄드 하늘에 맑은 바람소리로
열매 숭어리에 마무리 손길로 비추시네

성전 언저리를 에돌기만 하다가
가을 하늘에서 문득 하느님을 뵙네.


*오로라(aurora): 지구의 북극과 남극 지방의 하늘에 이따금 나타나는
아름다운 빛의 현상.

# 존재存在 2

마음의 날개 훨훨
푸른 바람에 휘날리게 하소서

단풍잎이 크게 흔들리기만 하여도
손을 모으는 가냘픈 목숨

성소聖所에선 간절히 기원하다가도
은혜를 가볍게 여기고
돌아서서 황금별을 쥐고싶다 하여도
허물하지 않으시는 서늘한 눈빛

떠나보내는 계절에
익지 않은 열매가 있사오니
아직은 나무에 매달려있게 하소서.

# 그림자 스케치

꼬마들의 낙서와 일기장에서
죽순처럼 커 가는 눈금 헤아리고
도시락을 수놓을 때 엄마가 되고

비바람에 지친 날개 접는 날
목판에 옥빛 차 향 피워 올리며
살포시 걸을 때 아내가 되고

백 한 살 된 시할머니
이야기 실타래
실도 없는 물레를 끝없이 돌리실 때
상긋이 웃는 손자며느리가 되고

모두 잠든 밤
부엌에서 꽃밭을 그리며
말씨로 조각 보를 모자이크할 때는
늦깎이 학생이 된다.

# 비 오는 날은

봄비 속에 꽃 싹들 발돋움할 때
내 가슴도 흠씬 젖게 하면
가뭄에 여윈 우정 사랑도
죽순 마냥 쑥 쑥 자랄 수 있을까

먹구름 속 천둥의 표정 심상치 않을 때
옷깃 여미고 부모형제 친구사이에
맺힌 응어리의 끄나풀을 찾으면
한 송이 연꽃으로 피어오를 수 있을까

비속에서 낙엽이 우수에 잠길 때
불을 끄고 귀를 기울이면
뼈 시린 나날 속에 숨 몰아 쉰
착한 나무들의 사연이 강물로 흐를까

비바람 몰려다니며 구슬피 울 때
거리마다 물결치는 자선의 종소리
종이 학을 접는 따스한 손길로
거리의 천사들 웃는 얼굴 볼 수 있을까.

# 눈꽃송이

하얗게 나풀거리는 그리움의 눈망울
멀리 떠나온 길섶 어디에선가 들려오는
그 누구랄까 불러보고 싶은 이름, 이름들

울리는 종소리에 아랑곳없이
호호 불며 동심을 뭉쳐 흩날리던 참새들
고드름을 아삭아삭 씹으며
난로 가에서 발갛게 익은 손과 발목을 말리었지

숫눈에 판화를 함께 찍던 추억의 들녘에서
양팔을 벌리고 서있는 나
오늘만이라도
찌푸린 이마를 씻고 나풀거리고 싶다

벗들아, 어디서 무얼 하는가
비켜 설 수 없는 이 시간
너와 나의 거칠어진 뜰 안에
맨발로 뛰놀던 강마을 솔밭에도
눈꽃송이가 쌓이기를 기원한다.

# 작은 쉼터

도심에서
머리를 식히려 쉼터를 찾는 새들을
벽돌집마다 정오에 쏟아낸다

더러는 볕 가리는
양산 하나 없이
땡볕에 달궈진 시멘트 벤치에 걸터앉거나
무더운 바람 달라붙는 길가에서
꽁초를 물고 답답한 호흡을 내뿜는다

아아, 난 이 젊음을 몽땅 싣고
동해를 달릴까
도심의 한 복판에
연못이라도 크게 팔까

보자기로 구름을 잡으려다가
빈손으로 돌아와
한 줄의 시를 쓴다.

# 4월이 오면

잠귀 밝은 목련이 촛불 밝히고
꽃구름이 봄의 성을 이룰 즈음
옥빛 바람이 스며들어
그림자의 무게를 잊게 하고
새로운 별을 바라보게 한다

땅속의 단 샘물과 아늑한 빛살로
풀꽃의 노래 바람에 휘날리고
하얀 나비 나풀거릴 때면
나의 뜰에 묻혔던 언어들도
파랗게 돋아난다

부르는 소리 있어
언덕에 올라 봄 잔디에 누우면
엽록소가 피어올라
한 그루 나무가 된다

산마루의 구름이 내게로 오고
무리 지어 날아드는 새의 지저귐은

도란거리는 내 유년의 이야기
먼저 떠난 피붙이들이 웃으며
아득한 강을 거슬러 올라온다

4월은 내 안에서의 벅찬 부활이다.

# 바람 부는 날은

바람 부는 날은
창문을 활짝 열고
의식意識의 방을 환기할 일이다

넥타이를 풀고 하이힐을 벗고
헐렁한 차림으로 속옷 구석구석까지
싱그러운 바람으로 부풀릴 일이다

거리로 언덕으로 냇가로 산으로
갈대처럼 흔들리며 흩날리며
도심에 찌든 감성을
일렁이는 풀물에 헹굴 일이다

아아, 바람 부는 날은
온갖 멜로디 손짓하는 날은
등대가 보이는 바닷가에서
하얀 물보라로 일어서는 바람을
마음껏 들이마실 일이다.

# 까치야, 둥지로 돌아오렴

까치야,
우듬지의 보금자리 천년 비바람에 끄떡없더니
무슨 연유로 대문 밖에 나앉았나

호롱불처럼 깜박이던 나라 살림
용마루에 기와 올리고
실낱같은 꼬부랑길 바둑판 만들어
한강 기슭에 태극깃발 날리던 까치들
지하도 뒷골목에 자리 깔고 누웠나

꿈길에도 불러대는 목쉰 메아리
집나간 어미까치도 돌아오지 않고
둥지에는 노랑부리들 입벌리고 울어댄다
하늘의 별들도 젖어드는 밤
어느 거리를 헤매느냐

까치야,
섣달 그믐이 내일 모렌데
다시 치솟을 해를 품고 둥지로 돌아오렴.

# 한 강

육백여 년 서울을 지켜온 수문장
푸른 비단 굽이굽이 펼친 두 줄기
칠천만의 염원을 욱여 앉고 흐르시네

오 천년 이야기를 강바닥에 잠재우고
철조망 허리띠에 짓눌린 아픔을
밤마다 불 밝히고 치성을 드리시네

태백산 물줄기 북향하여 손 모으고
금강산 물줄기 남향하여 비는 말씀
자나깨나 허리통증 없애달라 하시네.

# 벚꽃축제

4월이 오면
푸른 비단 굽이쳐 흐르는 한강 한 모롱이
윤중로를 뒤덮는 벚꽃구름

여의도는 거대한 주차장
연신 호루라기는 울어도
꽃에 취한 사람들, 귀는 닫혀있다
오색 풍선 사이로 먹거리 파는 온갖 냄새
소리, 소리들……
아빠 엄마 손잡은 아이
연인들의 밀어
조잘대는 초등생 참새 떼
동심으로 돌아간 노인 노숙자들
눈은 별빛이다

옛 친구와 산채 도토리묵에 막걸리 잔을 들고
벚꽃 구름을 올려다보면
술잔에
어깨에
하늘하늘 꽃비 흩날린다.

# 여의 나루에서

노을 속 한강이 탄다

황금덩이로 변한 63빌딩이 타오르고
유람선, 달리는 사람, 은빛 바퀴를 굴리는 사람
비둘기도 모두들 얼근히 취했다

맞은 편 강 언덕엔 꼬리 문 차량이 붉게 흐르고
이마에 큰 이름표를 단 고층 밀림의 파노라마
노을 속 이글거린다

물각유주物各有主*

세상엔 넉넉한 자도 많구나
물려줄 것도, 가지고 갈 것도 없는데
시원스레 선로를 달리는 전동차
밤섬 쪽으로 훨훨 날아가는 물새 한 마리

나도 벤치에서 툴툴 털고 일어선다.

*物各有主 : 세상의 모든 물건에는 각각 주인이 있다는 뜻, 소동파의 적
           벽부 중에서.

# 노오란 은행잎을 밟고 오세요

노오란 은행잎을 밟고 오세요
푸른 비단 굽이치는 한강 자락에
고깔처럼 오뚝한 여의도 거리마다
샛노란 나비 떼가 팔랑거려요

세월의 여울에 목이 메이고
천 갈래 길 위에 섰건만
공허한 물음만 메아리 칠 때
노오란 은행잎을 밟고 오세요

슬프도록 짙푸른 하늘 우러러
잎새마다 아로새긴 그리운 눈짓
아련히 떠오르는 추억 한 줄기
노오란 은행잎을 밟고 오세요

아득히 지내온 고갯마루에
손짓하는 갈대꽃에 답례도 하고
하늘 호숫가에 궁전을 그리며
샛노란 융단 길에 왕자로 오세요.

# 거미집

「www.」 낯선 주소, 새 주인은
거미줄을 치고 앉아 지구촌을 누빈다

보이지는 않지만 거미줄에 닿으면
피부색이나 나이를 가리지 않고
열린 마당에서 매스게임을 벌이며
함께 웃고 우는 광장을 이루기도 한다

어떤 거미줄은 황금 탑을 쌓기도 하고
모두를 무너뜨리기도 하며
깊은 물 속에 더불어 빠지기도 하는
거미줄을 타는 사람, 사람들

밧줄도 구명복도 갖추지 못한 거미줄 왕국에
그물 망이 끊어지는 날
급기야 누리에는 일식이 올지도 모른다

새 주인을 헤아리지도 떠받들지도 모르는 나는
반 눈뜬장님으로 강을 건넌다.

# Ⅳ. 꺼지지 않는 등불

# 海松, 서둘러요

海松*, 서둘러요

은모래 씻는 물결에
하얀 물새 떼
포롱 포롱 날아오르고 있어요

해초 내음 물안개 속에
갈매기 떼
끼룩 끼룩 시를 읊고 있어요

깔려오는 노을 속에
우리의 목선木船
붕— 붕— 콧노래 부르고 있겠어요

海松, 서둘러요.

*海松은 남편의 호.

# 나의 둥지 속은

나의 둥지 속은 아직도 조선시대

녹슨 물레로 실을 뽑으라면 흉내라도 내야하는, 그이의 기침소리가 곧 법이다. 바람벽에 금빛 칠한 둥지 속에는 문자의 수풀만 무성하고 세간은 빛 바랜 쪽박 뿐, 나만의 그림자도 거느리지 못하고 생활의 떫은맛을 으레 삼켜야하는 나는 소리 잃은 새가 되어 창문도 환풍기도 없는 밀실에 한 줄기 빛과 바람을 들이려고 통로를 찾는 사이 사십 년이 흘러갔다. 이즘 창이 빠끔히 열려있어도 길들인 새는 밖을 내다볼 줄도 날개를 펼 줄도 모르고 더욱 동굴의 신화 아련한 어머니의 자궁 속으로 자리 옮긴다. 창밖에 부는 푸른 바람이 무관하게 스쳐갈 뿐, 풀잎이 먼저 알고 납작 엎드리니 그이의 기침소리는 청죽靑竹 같기만 하다.

# 내 나이 또래를 만나면

내 나이 또래를 만나면
은은한 정이 스민다
마주보는 눈길엔
추웠던 유년과 몸부림치는 세월이
비슷하기 때문일까

내 나이 또래를 만나면
서늘한 정이 든다
가고 오는 눈길엔
노을 속에 돌아가는 새떼를
그려보기 때문일까

내 나이 또래를 만나면
애틋한 눈인사를 한다
바라보는 눈길엔
고향 언덕 휘돌아갈 때
마중 나온 달맞이꽃
간절한 그 마음 때문일까.

# 어머니 1

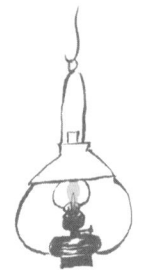

이른 새벽
등피를 닦는 어머니
어깨가 무거울 때면
인동차로 속을 데우셨습니다

발등이 부푼 하루
치밀어 오르는 뜨거움으로 밤물결에 들 때면
어머니의 하얀 고무신 쪽배로 건너옵니다

새벽 별을 보며 드나들어도 춥기만 하던 시절
비탈에 선 소나무엔 칡덩굴이 휘감아 올랐습니다

솔잎이 노랗게 물들어 뿌리째 기우는 줄도 모르고
마지막 떠나시는 길에 저를 목마르게 부르시는 줄도 모르
고  낯선 땅에서 탑을 쌓았습니다

이제 넓은 강가에 동그마니 홀로 남은 저를
 벼랑에 설 때마다 잡아주시던 어머니의 손길
꺼지지 않는 등불 밝혀줍니다.

# 국화꽃 한 송이

누군가 나더러
세상에서 뭘 하다가
예까지 왔느냐 묻는다면
햇살을 줍기 위해 숨 몰아 쉬다가
해질 녘 너럭바위에 앉아
시 공부 좀 했다고 말하리라
어디, 한 수 읊어 보라면
가슴에 꽂은
한 송이 국화꽃을 내어 보이리라.

# 나의 물새들

눈을 감으면
태평양을 건너오는 작은 물새들

바비(Barbie)* 멜로디에 까닥이는 머리
통통 뛰다가 동그라미 그리다가
팽이처럼 돌다가 도르르 구르다가
까치걸음으로 물가를 배회하네

불빛도 출렁이는 웃음꽃 속에
고사리 손잡고 돌아가는 할아버지 할머니
플래시를 터뜨리는 아비 어미는
순간을 낚는 어부

벨 소리에 깨어나면
내 뜰안의 물가에서
포르르 포르르 뛰어 오르는 물새들
어느새 액자 속에서 상긋이 웃고 있네.


*바비(Barbie): 경쾌한 노래가 나오는 어린이 장난감의 일종.

# 외손자

네 살짜리 외손자
눈웃음 작은 입 우유살결 노는 모습
이리 보면 제 어머니, 저리 보면 외삼촌의 판화 같네
강보에서부터 거둬 준 때문일까
은비늘 좋아하는 입맛까지 닮았구나

할아버지란 이름을 맨 처음 불러준 녀석
목욕하고 나오면 고추 내밀고
'이놈' 하면 품에 안겨 저도 '이놈'
외할아버지 즐겨보는 TV드라마 나오면
전주곡을 부르며 빨리 오시라네

새끼 데리고 누운 범 그림
같은 범 띠, 저와 외할아버지라네
무슨 끈으로 이어졌나
녀석 고뿔이라도 들면
꿈길에 밟히는 찌그러진 모습이네

훗날,

별을 올려보는 눈길도 같을까
외할아버지의 아버지와
외할아버지, 어머니
외삼촌들처럼 분필가루 날리며 별과 살까
창을 밝혀줄 네가 있어
외할아버지의 흔들의자는
노을 속에도 외롭지 않다.

# 쌍둥이 외손자 외손녀

**첫울음**

동방박사들이 큰 별을 따라가던 밤*, 함박눈이 내린 새벽
머-언 바다 건너 첫울음을 터뜨린 나의 샛별들
황소바람이 문틈을 비집고, 마루바닥에 웅크린 산모
모유 짜는 기계소리 새벽을 깨운다
일손 달린 외할머니 숨이 차도
포근히 잠든 얼굴, 둥지를 밝히는 등불이어라.

**유아일기**

밤바람 소리 창을 두들기고
밤낮 바뀐 손녀는 안아줘도 업어줘도 자정 넘어 울어댄다
감싸안고 잠들 때까지 가도街道를 달리기도 했다
주거니 받거니 따라하는 돌림병, 열꽃 피는 밤
몰아쉬는 숨결에 능금 같은 뺨
방마다 찬찜질시키고, 젖병과 기저귀 구석마다 넘치는
하루 하루가 작은 전쟁터였다.

**백 일**

쫑긋쫑긋 방글방글 새살새살 알아본다

딸랑이 방울소리 방마다 울리고
손자 손녀 품안에 넘치면
땀에 젖은 시간들 박꽃으로 피어난다.


돌
턱없이 조그만 발에 어림없는 가분수, 아장아장 뒤뚱뒤뚱
궁둥방아 찧어대면 돌보는 할머니들 따라 흔들거리고
눈 깜빡할 사이 한 장난감에 매달려 서로 할퀴며
이빨자국 수놓고
쓰레기통을 뒤지는 고양이 새끼들


세 살
현관에 들어서면 함께 달려와 안기고 뽀뽀도 한꺼번에
손자녀석의 고추 따먹으면 손녀도 질세라 걷어올리고
목욕탕에서도 함께 뛰어나오는 작은 물개들

보슬비라도 흩뿌리면 손녀는 빨강 장화에 빨강 우산
손자는 파랑 장화에 파랑 우산, 가방도 빨강 파랑
쟁반 만한 물웅덩이에도 함께 철벅이는 개구리들

손자는 자동차와 기차, 손녀는 인형과 소꿉살림
때로는 '여보' '자기' 눈만 뜨면 재잘재잘
놀이터에서 그네 잡아 서로 부르고

과자라도 생기면 소리쳐 챙긴다.
구석에 몰리면 '내 동생인데' 막아서고
떨어지면 빨리 오라 전화통이 뜨겁다
툭하면 신데렐라 왕자로 '따~안 · 딴 · 딴 · 따~안~'
혼례식을 올린다.

＊쌍둥이 외손자 외손녀는 1998년 12월 24일 새벽, 저희 아버지가 유학
중이었던 미국의 동북부 한 대학촌에서 태어났음.

# 마음이 운다

창을 열면
머리 위엔 하늘과 태양, 달, 별이 있고
푸른 바람에 너울대는 꽃과 새가 있고

창을 닫으면
아늑한 둥지가 있고
나의 짝과 음양의 흐름도 있다

이렇게 넉넉해도
늘 뭔가 모자란다고 마음이 운다

부질없이 보채는 마음만 아니면
세상에서 가장 부자인데도…

# 꽃구름

샘물 찾아 헤매던 시절
가슴속에 모자이크하는 꽃구름
영롱한 아침 이슬이었을 뿐
단물은 아니었다

빠른 물살에 때로는 잊고
잔잔한 물결 위에 얼비칠 때
끌리는 눈길, 스스로 밟아야 했다

마당 넓혀 묘목 심고
큰 둥지 지키며
새끼들 둥지 밖으로 나는 연습에
금모래 은모래알 모두 흘려보내었다

노을이 잦아드는 시각
푸르던 날의 꽃구름을 찾는다
오랜 기다림 때문일까
낯선 반짝임이 눈부시다

늦었어도 소매 걷어올리고
표지판을 헤아리며 내딛는다
어디선가 한 줄기 난향蘭香 일고
꽃구름이 우련하게 드러난다.

# 촐촐한 밤에는

촐촐한 밤에는
잔을 기울이고 싶다

아슬아슬하게 부여잡은 동아줄
어디에도 불빛은 보이지 않고
어둠 속 비바람 거세어질 때

어린 나무들이
때아닌 노란 잎으로 물들 때

갈수록 까칠해지는 나날 속에
대열에서 밀려나는 허전함을
기댈 곳이 없을 때

천리마라 해도
아무도 알아주는 이 없어
마구간에 매어있을 때

낮은 기압골에 뼈가 우는 밤

쓰라린 앙금을 지우고자
한 잔 기울이고 싶다

촐촐한 밤에는…

# 숲 속의 나무

숲 속의 나무는
눈빛과 향기로 팔을 뻗을 뿐
그리움을 사로잡을 수 없듯,

사람들의 숲 속,
말씀과 팔다리로
감싸 안을 수는 있어도
가슴속은 닿을 수 없네

일생 얽혀 지내도
가슴속을 휘감을 수 없어
저마다,

고독한
섬…
외딴 섬이라네.

# 하얀 조약돌

입이 버들강아지 같던 시절
뾰족한 모서리가 부딪힐 때마다
서로의 짝이 아니라고 소리 높였네

비가 오고 눈이 오고……

진주가 깊은 흐느낌으로 아픔을 삭이고
고목이 천둥 번개에 눈을 감고
구름이 스스로 얼굴빛을 지우며 흐르는 사이

봄이 가고 가을이 가고……

부부의 물결에 씻기어
하얀 조약돌이 되었네.

# 쓰나미

바다 깊숙이 엎드렸던 공룡이
불을 뿜고 일어나
남아시아의 산호 진주 정원을 휩쓸어가 버렸다
나무에 매달려
쓰레기 더미 속에서
살아난 소년도 있었지만…
상처투성이 된 지구껍데기가
신열로 터졌을까
쓰나미가 뒤엎고 간 자리에
구급차 굉음이 하늘을 뒤덮고
아무 일도 없었다는 듯
에메랄드 해원에
햇살은 은색 날개를 펴고
갈매기는 창공에 시를 쓰고
파도는 깔깔대며 촐랑거린다
어디를 향해 치성을 드리고
누구에게 소지를 올려야 할지
떨리는 손길로 어둠을 더듬는다.

*쓰나미 : 2004년 12월 26일, 인도네시아 수마트라 앞 바다에서 지진 해일이 발생했다. 남아시아 해안을 휩쓴 쓰나미(Tsunami)는 해안을 뜻하는 일본어이다. 지금까지 약 28만 명이 숨진, 인류 역사상 가장 큰 자연재앙이다.

# V. 추억을 더듬으며

# 쌍가락지 1

앞뜰의 묘목 세 그루 다보록하게 숲을 이루어
새들의 노래 끊이지 않고 세찬 바람에도 늠름하네요

낯선 땅에서 별을 향해 숨을 몰아쉬던 날
숫눈을 헤집고, 하얀 산딸나무 꽃길의 비 새던 둥지
돌아보는 길섶에 일곱 색 물보라로 일어서네요

한 때, 나의 뼈가 서질 못해
지게로 물을 나르고
비탈길의 손수레 온 몸으로 버티며
그 지독한 가뭄에도 정원에 그득한 풋과일
그대가 피워 올렸지요

아득한 고갯길 바라보며
그대에게 장미 스무 다섯 송이를 바칩니다.

# 쌍가락지 2

우리 이날까지 까치소리에 같이 설레고
꿈자리 구겨져도 머리 맞대고
눈빛만 보고도 읽을 수 있고
속으로 그린 풍경화도 마주 바라보네요

창 밖의 노을 속으로
서둘러 돌아가는 새떼를 봐요
바람에 흔들리는 미루나무와
잔잔히 흐르는 강물을 봐요

새끼들의 보금자리 밑그림과
길섶의 돌부리 거둬주며
어둡기 전에 가야할 길이 남았어요

홀로 걸어가야 하는 그 날도
태양은 빛나고 강물은 반짝이며 노래하리니
우리 간직해 온 불씨를 다독거려
새벽 창을 활짝 열어요

아직은 갈 길이 남아 있어요.

# 나무야, 나의 나무야

말라 가는 네 입술에
생명수를 부어줄 수만 있다면
아침마다 풀잎이슬을 긁어모으리
노랗게 여위어 가는 너에게
수혈할 수 있다면
나의 마지막 한 방울까지 부어주리
너의 신을 내가 신을 수 있다면
전족纏足이나 골을 쳐서라도
바꿔 신으리, 나의 나무야

미지근하게 바라보기만 했던 나무
날이 밝으면 으레 둥지를 나가고
해지면 새들과 함께 돌아오는 나무
땡볕아래 든든히 받치고 있는
네 팔뚝이 무거운 줄도 모르고
눈 속에 네가 발을 담그고 섰을 때도
나는 온실에서
음률에 젖고 있었지, 나의 나무야

봄 아침
연못에 반짝이는 햇살과 새들의 지저귐에
여름 소나기
연잎을 밟고 간 후, 무지개 일어설 때
몇 번이나 가슴 벅차게 바라보았던가

이제 우리의 풋과일이 알알이 영글어
과수원 길에 향기 그윽한데
 아침 광채로 몸을 씻고
대지에 꿋꿋이 서 다오, 나의 나무야

찬란한 우리의 내일을 열어다오.

# 회복실 앞에서

소멸의 분필가루 날리며
외길을 달려오던 그이,
노란 불 빨간 불을 지나친 적 없고
부딪치거나 중앙선을 침범하지 않았는데
어느 날 갑자기
파란신호등 앞에서 멈춰 섰다

꽃피는 언덕으로 젊음을 이끌며
오르막에서는 손 잡아주고
내리막에서는 함께 버티며
높은 구름을 바라보게 한 일밖에 없는데
하얀 침대에 실려
수리공장에 들어갔다

하늘기둥이 무너져 내리는 어둠 속에서
「수련공의 눈과 손을 보살펴주소서」
망가진 축음기판처럼 되풀이하며
의식의 바다 밑으로 가라앉고 있었다.

# 촛불을 밝히고

급히 부르는 큰아이 소리에
태평양을 단숨에 건넜습니다

여린 가지에 얽힌 덤불과 진딧물을 걷으며
힘부치고 어지러울 때 촛불을 밝히게 하소서

막다른 터널에서
한 줄기 빛과 바람을 들일 수 있는
작은 창이 되게 하소서

안팎으로 흙먼지 씻어내는
한 줌 세제洗劑되게 하소서

벽이 마구 흔들리는 데도
철없이 뛰놀기만 하는 손녀들
꽃피는 언덕으로 이끌 밧줄 되게 하소서

힘겹게 버티고 선 이 자리
아직은 베풀 수 있는 시간 위에
서 있음을 알아차리게 하옵소서.

# 유년의 뜰

## 각시놀음

달래뿌리에 꼬챙이 박고 헝겊으로 노랑저고리 빨간 치마 입혀 시집장가 보낼 때, 사금파리 그릇에 꽂은 밥 잎은 반찬, 잔치 상을 차렸지.

## 목화다래

목화 다래 도톰하게 부풀어오를 때면, 오두막집 할아버지 긴 담뱃대 휘두르며 '요놈의 새끼들' 코밑에 올 때까지 단물 빨다가 다래 입에 문 채 맨발로 달아났었지.

## 벌 – 초롱

호박꽃 박꽃 속에 벌이 잠들면 잽싸게 오므려 벌 – 초롱 만들었지. 잉잉대다 잠잠하면 '죽었나?' 빠끔히 열어보다가 눈언저리에 바늘이 꼽혀, 집안 어른들 뱀에 물린 줄 알고 혼비백산하셨지.

## 쑥 물

담 너머로 팔 뻗은 대추 감나무, 큰 비 센바람이 흔들고 가면 수북히 떨어진 새파란 구슬, 욕심껏 주워

먹고 갈매 빛 쑥물 울며 마셨지.

## 오 디
야외에서 글 배우던 인민시절, 길가의 뽕밭 오디에
한눈팔다가 한 시간 늦게 보라색 입술로 학교에 갔
었지. 선생님은 내 종아리에 빨간 뱀 무늬를 여러
개 그리셨지.

## 감자밭
길가 감자포기 쑤욱 뽑을 때 큰 알은 땅 속에, 새알
몇 개 손에 쥐고 줄달음질 치던 시절, 무릎에 피딱
지 아물 날이 없었지.

## 도랑물에 씻은 무
연두 빛 허리 내민 밭고랑의 무, 도랑물에 씻어 이
빨로 껍질 깎아 알알해질 때까지 먹고, 방귀트림에
속 쓰려 움켜쥐고 울었지.

## 참새구이
문풍지 휘파람불던 겨울밤, 오빠는 동무들과 뒤란
지붕끝자락 사다리에 올라 손전등 비춰들고 참새를
잡았지. 할머님은 참새구이 하셨고, 언니들은 가
위 · 바위 · 보, 진 사람은 배추뿌리와 동치미를 꺼
내오고 겨울밤은 새벽으로 달렸지.

# 고향으로 날자

우리 오늘밤에 고향으로 날자
바닷가에 나 홀로 남겨두고 떠나버린
언니 오빠야

 개미처럼 밭이랑 일구고
밤이면 희미한 외등 아래 머리 맞대던 시절
오월이면 집 앞 냇가에 실버들 머리채 풀고
우물가에 무성하던 창포 숲
길섶에 채송화 모여 앉아 속삭이고
장미 넝쿨 흙돌담 기어오르고
노을 속에 박꽃이 시를 읊던 고향집으로

이즈음 꿈길에 자주 얼비치는 건
푸짐한 채반과 명주이불 때문일까
부르면 올 것 같은 언니 오빠야

우물가 창포 꽃이 우릴 부른다
우리 오늘밤에 고향으로 날자.

# 빛 바랜 사진 한 장

빛 바랜 사진이 옛이야기 속삭인다

초겨울 아파트 놀이터에서
아들과 아버지가 야구공 놀이를 한다

 바람 차고 길은 먼데
어떤 변화구가 날아들지
아들아, 깨어있으라는 듯
어린 가슴팍을 향해 변화구를 날리는 아빠
가까스로 받아내는 열 살짜리

삼십여 년 된 스냅 속에
아직도 전류가 흐르고 있다.

# 식 칼

반짝이는 눈빛에 날렵한 몸짓
어쩌다가 이 몰골인가
듬성듬성 빠진 이에 얼룩이 깊다

대가족의 채반을 준비하던 시절
날렵한 솜씨로 퍼덕이는 은빛 아가미와
갖가지 살점을 맵시 있게 저미던
나의 종복이었지

가끔 딸깍이는 수저소리
큰상이 드나들던 방은 썰렁한 바람만 일고
불꽃을 튀기던 손길도 이제는 여유롭다

버릴까 말까,
요모조모 살피며 이야기 숲을 거닌다
멀리 돌아온 굽이 길, 어디서 잃었을까
푸른 하늘에 식칼 같은
초승 낮달이 서럽다.

# 풍 경

5월 하늘에
하얀 구름들 몰려오네
때로는 잊고
때로는 그리워한 모습들
고향의 동무들

초가지붕에 박꽃 핀
유년의 강마을
목화 다래 꿀물 머금은
목화밭 언덕으로 가자하네

여인이 피륙을 바래는 강변
솔밭 넘어 황소의 긴 울음소리
뻐꾸기 우는 마을로 가자하네

라일락 꽃 그늘에서
노래하는 새들
하얗게 몰려가네
산마루를 건너가는 구름들.

# 하루살이

다용도실 문을 여니 뭔가 빠르게 배추 단 밑으로 숨는다. 바퀴벌레, 어제 저녁 그놈 같다. 신문지를 돌돌 말아 쥐고 기다렸다. 화살의 방향을 알아차리고 더듬이로 한참을 얄랑이다가 다시 나왔다. 놓칠세라 두들겼으나 또 허탕쳤다. 부엌에서 홀로 차를 마시며 조간 신문을 펼친다. 가스관이 터져, 고속버스 가운데 선 뛰어들어, 비상구 막힌 지하 놀이 방 불… 도처에 입을 벌리고 있는 구덩이, 용케 하루하루를 버티는 하루살이.

# 가는 길

올챙이 시절
어머니가 마지막 떠나시는 날
나도 따라간다고 생각했다

철이 조금 들 무렵
하느님이 계신다면
기적이 일어날 것만 같았다

마흔에, 먼 데서 곁 눈길로 보고
돌아와 소금을 뿌렸다

쉰에, 당연히 가지만
아직은 아니라고 손사래쳤다

이즘은 그 길을 자주 가슴팍에 그려보고
아무렇지도 않게 손수 잠자리를 다듬는다.

# 도심의 흐름 속에서

도심의 흐름 속에서
안개비 자욱한 섣달의 끝자락
스쳐간 정경을 더듬는다

사방도
하얀 깃발은 너풀거리고
기억은 새삼스리 뒤척인다

무심코 던진 조약돌에
다친 물고기는 없는지
맨발의 놀이터에
날 선 사금파리를
못 본 체하진 않았는지
물가에 홀로 웅크린 이웃을
지나치진 않았는지

한 발짝 앞으로 힘겹게 내디디면
두 걸음 잡아당기는 손아귀
위로부터 받은 길인 줄 알고,
그 길 따라

뜸베질 한 번 못하고 따랐을 뿐이다

전세 값 만한 바퀴를 굴리는 큰손과
지하 계단에
한줌의 먹거리와 잡동사니를 벌여놓고
오가는 눈길을 따라잡는 얼굴들

젖은 가랑잎 하나, 어디론가 쓸려간다.

# 대물림

푸른 하늘과 목 축이는 물
기름진 흙을 물려받았고
기다릴 줄 아는 슬기와 따스한 숨결을
이어받은 우리
허기진 시절에도
집안 어른들의 기침소리에
말씨와 옷깃을 여미었고
태극기를 감췄던 시절에도
가슴속엔 작은 촛불을 밝혔다
햇살도 비껴 가는 빌딩 숲에
땀 젖은 얼굴은 보이지 않고
눈물로 일궈온 기업들
낯선 터전으로 떠난다
저 난장亂場의 목쉰 메아리와
고개 돌린 심부름꾼들
붉은 띠에 시퍼런 눈빛들
빗장을 열고
차가운 이마를 마주할 수는 없을까

고스란히 물려 줘야할 이 터전에서.

# 유유자적한 시와 그림의 하모니

황 송 문
시인 · 문학박사 · 선문대 인문대학장

인류역사상 우리의 세대만큼 급변하는 시대를 살아온 세대는 일찍이 없었다. 농경사회의 가내수공업 시대에서 기계공업시대로, 그리고 이제는 최첨단 전자과학 시대로 급변해 온 그 과정을 우리들은 밟아왔기 때문이다. 인간의 심령 지능이 높아질수록 과학기술은 급속도로 발전했고, 인간의 생활환경은 변화를 가져왔다.

목화밭에서 따 담은 목화를 소달구지에 싣고 귀가하면 그것을 농한기 내내 물레를 자아서 실을 뽑았고, 베를 짜서 가족들 설빔을 짓던 시대에서 경운기나 자동차로 불과 몇 시간 내에 시장에서 옷을 사오는 것으로 해결되는 시대, 이름하여 소위 속도전이 치열하게 전개되는 시대가 되었다.

이러한 기능주의, 자본수의 시내에는 품위 있는 행동보다는 손쉬운 행동, 발빠른 행동이 인정을 받고 대접을 받는다. 그래서 필기도구도 붓에서 펜으로, 펜에서 만년필로, 만년필에서 볼펜으로, 볼펜에서 이제는 컴퓨터로 바뀌었다. 이러한 시대 상황에서 모두들 "빨리 빨리" 하고 서두르며 편리를 쫓는 속도전 시대에 조영자 시인은 그와 상반되는 여유와 품위를 택하고 있다.

"詩는 순간의 형이상학이다. 하나의 짧막한 시편 속에서 우주의 비전과 영혼의 비밀과 존재와 사물을 동시에 제시해야 한다."고 바슐라르는 말했다. 이 말은 "詩는 神의 말이다."고 한 투르게네프의 말이나 "시는 영혼의 음악이다."고 갈파한 볼테르의 지론과도 일맥 상통한다.

공자는 시를 가리켜 사무사(思無邪)라 했고, 주희(朱熹)는 언어 이상의 어떤 여운이라 했다. 그는 "슬픔이나 기쁨의 감탄사를 써서 표현하는 그 이상의 어떤 깊은 감동의 극치에 이르고도 뭔가 모를 부족한 듯한 여운이 남게 마련이다. 또 자연계의 음향이라든지 서로 어우러지는 和音에 있어서도 그것을 다 표현하지 못하는 것으로 이것이 시가 이루어지는 까닭이다."라고 했다.

이 말을 바꾸어 하자면, 고려시대의 시론에도 거론된 바와 같이 言外意를 말한다. 말 그 자체가 아니라 말 밖의 말, 언어가 데리고 있는 시어(詩語), 평면적 언어를 지나서 입체적으로 살아 움직이는 잠세어(潛勢語)를 가리킨다 하겠다.

조영자 시인은 그동안 시(詩)와 서(書)와 화(畵)에서 손에 잡히지 않는 입체적 잠세어를 찾아 헤매던 끝에 그게 뭔가를 눈치채어서 이제는 새로운 경지로 도전하는 의욕을 보이고 있다. 이제 그의 시세계를 살펴보고자 한다.


# 1. 삶의 출구로서의 예술

우리가 어떤 사물을 보고 그것이 무엇인지 인식한다는 것은, 자기의 존재확인이라 할 수 있다. 사물을 바라보는 주체(시인)의 시선과 보여지는 대상(사물) 사이에는 동질의 소성이 내포

되어 있기 때문에 인식이 가능하다는 인식논리가 성립된다. 이는 마치 사물을 투시하는 카메라 렌즈와 사물 사이에 빛이 굴절할 수 있는 요소가 렌즈(주체)와 사물(대상) 사이에 빛과 통하는 동질의 소성이 없다면 촬영이 되지 않는다는 얘기와도 통한다. 이 두 요소를 필름이 매개하듯 이미지가 작용한다.

불교에서의 육근(六根) 가운데 안이비설신(眼耳鼻舌身)의 뿌리 안쪽에 있는 의근(意根)이란 마치 카메라의 필름으로 비유하면 인식론의 이해가 용이할 것이다. 아무튼 조영자 시인의 시에는 다양한 사물이 내재되어 있다. 이는 가령 「먹을 간다」는 한 편의 시만을 살펴보더라도 '먹'이나 '묵향' '화선지' '처사' '꿈' '바람' '바위' '난잎' '흑수정' '연못' '대나무' '선비' '그림' 등의 다양한 사물이 전개되어 있으면서도 통일된 주제를 이루고 있음을 알 수 있다.

단적으로 말해서, 이러한 사물들은 마치 카메라 렌즈 안의 칼라필름 같은 그 동질적 요소가 조영자 시인의 의근(意根) 속에 이미 내포되어 있었다는 얘기가 된다. 따라서 여기에서도 역시 자기만큼 보인다고 하는 논리가 확인되는 셈이 된다.


먹을 간다.


창 밖에는 바람이 가고
널려진 세간 어지러워도
사념의 안개 잠재우고
만월이 연못에 얼비칠 때까지
맑은 마음으로 먹을 간다


묵향을 사르는 제단에

뽀얀 가슴 펼치고 눕는 화선지
처사處士의 기침소리 붓끝에 일어설 때
제왕보다도 지고한 자리에서
살아 숨쉬는 획을 꿈꾼다

뇌리를 스치는 한 줄기 바람
바위로 우뚝 서기도
난 잎으로 피어나기도 하는
흑수정 연못 언저리에
꼿꼿한 대나무 선비가 사는 그림
그 앞에서
옷깃 여미며 먹을 간다.

-「먹을 간다」 전문 -

조영자 시인에 있어서의 예도(藝道) 즉, 먹을 가는 행위는
삶의 출구요 구원의 종교라 할 수 있다. 자투리 시간을 이어 붙
여서 빚어낸 시공의 모자이크, 그것은 그의 시와 글씨와 그림
으로 나타난다. 어릴 때부터 시를 즐겨 외우던 그가 미국에서
17년 간 살다가 귀국한 후에는 서화(書畵)에 심취하게 되었다.
그의 에세이집 『깨인 새벽에』는 다음과 같은 글이 있다.

장남 며느리로서, 세 아이의 어머니로서 나의 임무와 심적 부담
은 컸고, 가정 일에 남의 도움을 빌기 싫어하는 성격 때문에 나는
언제나 과다한 가사에 허덕였다. 나는 자투리 시간을 이용하여
서예에 입문하였고, 각 서체와 묵화공부에 정성을 기울였다. 한
편 불혹의 나이 탓인지 나는 씹을수록 구수한 맛이 나는 중국의
한시에 매혹되어 도연명, 이백, 두보, 소동파, 백낙천 등의 시정

에 흠뻑 젖기도 했다. …집에서 빨래를 할 때는 커피 한 잔과 탁상
시계를 옆에 두고 외우고 싶은 시를 다용도실 문짝에 붙여두고
빨래를 시작한다. 수돗물 소리에 목청을 돋구어가며 외우다보면
남편이 몰래 등뒤에 와서 듣고 있다가 어쩌다 눈이라도 서로 마
주치게 되면 빙긋이 웃으며 "당신 혹시 정신이상자는 아니냐"며
희롱할 때도 있었다.

- 「시정(詩情)에 겨워 산다」 중 일부 -

내가 현실에 너무나 집착한 나머지 마음의 여유를 잃고 초조할
때나 오욕 오진에 휘말려 정신의 미망에서 허덕일 때 나는 한시
를 소리내어 읊는다. 특히 집에 홀로 있을 때, 목욕을 할 때, 혹은
빨래를 하면서, 아니면 지기가 찾아왔을 때 나는 수시로 시를 읊
는다. 그럴 때면 단순히 시를 외우는 것이 아니라 내 심성을 다스
리고 수양하는 한 방도가 되기도 한다. …도연명의 시를 애송할
때면 묘하게도 나는 고향이랄까, 내 유년의 뜰을 서성이게 된다.
그 이유는 두 말할 나위도 없이 도연명의 고향 풍경이 내 유년의
시골 경치와 비슷하기 때문이리라.

- 「나와 한시 1」에서 -

여기에서 우리는 힘겨운 가정사를 즐겁게 해내는 연유가 그
의 시정(詩情)에 있음을 알게 된다. 천성적인 예술적 정열 덩
어리로 뭉쳐있는 그는 옛글의 "少年易老學難成 一寸光陰不
可輕"이라는 잠언을 철저히 지켜낸 끝에 시서화(詩書畵)의 예
도(藝道)를 균형과 조화를 이루면서 걷고 있다 하겠다.

그의 회고담에 의하면, 지난날 외우고 잊은 시의 숫자는
1000여 편이 되겠고, 최근에 외우는 시가 200여 편이라고 하니
조영자 시인은 기억을 잔상을 저장하고 사는 만년문학소녀라

하겠다.

위에서 살펴본 시 「먹을 간다」에서 주의 깊게 음미할 곳은 "만월이 연못에 얼비칠 때까지/ 맑은 마음으로 먹을 간다."는 구절과 "바위로 우뚝 서기도/ 난 잎으로 피어나기도 하는/ 흑수정 연못 언저리에/ 꼿꼿한 대나무 선비가 사는 그림"이라 하겠다.

앞의 구절에서 연못 같은 벼루에 얼굴이 비치는 자화상에 관심을 보였다면, 뒤의 구절에서는 선비의 호연지기와 숙녀의 고매함을 형태의식으로 형상화하고 있음을 보게 되는데, 이도 역시 그의 내면의식에 저장된 동양적 시정이 표출되었다 하겠다. 이러한 시정은 그의 시 「약수」에서도 넘쳐난다.

> 내 가슴속에서는
> 약수가 용솟음치고 있다
>
> 마음의 자유천지엔
> 푸른 물이 솟아올라
> 마른 대지를 적시고 있다
> 풀꽃 드리운 물줄기에는
> 무지개 구름,
> 산새와 바람이 함께 산다
>
> 향기로운 이야기를 담은
> 샘물을 길어 올리려고
> 오늘도 모래알을 들썩이고 있다.
>
> -「약수」 전문 -

마음의 샘터에서 샘솟는 시심이 없이 시의 탄생은 불가능하다. 시의 샘이 마를 때는 작위성을 벗어날 수 없기 때문이다. 그는 힘겨운 가정생활을 유지하면서도 동시에 마음의 자유천지를 누리고 싶어했다. 그런데 그 과정은 길고도 험했다. 내가 그의 시에서 매력을 느낀 점은 고매한 시어의 운치와 함께 그 힘든 과정, 아픔의 과정을 보이지 않은 채 오로지 아름다운 모습만을 보이려고 애쓰는 순애(殉愛)의 시정신이 있다. 그래서 그의 시에는 어떤 가식이나 엄살이 없고, 들뜬 허영이 없다.

여기에는 흥기(興起)하는 생명력이 약동한다. 이처럼 약동하는 생명력은 미국유학 후, 대한민국 미술대전(국전)과 사군자 3회 입선, 시와 수필로 문단에 데뷔한 이래 꾸준히 정진해 온 예도(藝道)의 발자취를 보아도 짐작이 간다.


## 2. 향토정서와 인정미학

다음의 시 「청상(靑孀)」의 경우, 향토정서를 나타내는 사물들은 '초가지붕' '박꽃' '박덩이' 등이 되겠는데, 모두가 한결같이 식물성 정신으로 차 있다. 여기에 동원된 낱말만 보아도 이 시의 성격을 가늠할 수 있게 된다. 박꽃이 소복한 청상을 상징한다면, 박덩이는 소복한 여인(과부)이 낳은 유복자로 비유된다. 이러한 의인화가 전쟁의 수난을 겪은 우리 민족에게는 자연스럽게 받아들여지게 된다. 즉 전장에 나간 남편을 잃고 홀로된 전쟁미망인이 애지중지 키워낸 아이처럼, 박이 다 클 때쯤에는 잎도 줄기도 말라붙게 된다고 하는 섭리를 내비치는 대목이다.

초여름 해질 녘 초가지붕
젖빛 얼굴에 윤기 자르르한 머릿결
새하얀 옷으로 갈아입은 박꽃은
무슨 사연 있기에 흐느끼고 있는가

비바람은 농심으로 재우고
뿌리, 줄기는 물을 길어
햇살을 부지런히 모으더니
천둥 울고 비가 지나자
덩실한 박을 키워내었구나

별들이 소곤대는 밤
홀로 보기 아까운 유복자를
감싸안은 채 말라 가는 잎
앙상한 줄기를 바람에 맡기고
귀뚜라미 소리에 눈을 감는다.

–「청상靑孀」 전문 –

초가지붕 위로
뻗어 오른 줄기 끝에
박꽃은 박을 낳고
박은 박꽃을 추모했네

가을 저녁 황혼에
청상靑孀이 내는 시음詩吟인가
서리 까마귀 우짖는 달밤에
박덩이만 둥실 떠있네.

–「소복이대素服二代」 전문–

위의 두 시 청상(靑孀)과 소복이대(素服二代)는 동류(同類)다. 두 편의 시 모두 우리 민족 고유의 생활문화재를 통한 정서를 미적 시선으로 바라보는 데서 얻어진 작품이다. 여기에는 민족정서와 인정미학이 녹아져 있다. 고난을 선량하게 극복한 연후에 인격의 완성으로 성숙한 열매를 맺는다는 모성(母性)의 참된 삶의 존재가치를 '박꽃'과 '박'이라는 사물을 통하여 형상화하고 있다.

눈보라 치는 날엔 눈꽃 날개 달고
그리운 사람을 찾아갈 일이다.
그도 잊고 지내던 거문고를 찾아
헐렁해진 줄을 조율하고 있을지도 몰라

눈꽃이 날개를 펴는 날엔
메아리 없는 이름을 불러볼 일이다.
그도 몰아치는 물살에 밀리며
정신 없이 뛰고 있을지도 몰라

눈송이가 저렇게 설레는 날엔
녹차 잔에 쑥배 띄워
추억의 강을 노 저을 일이다
그도 오늘 같은 날은, 오늘 같은 날은
이미 이리로 오고 있을지도 몰라.

- 「눈보라 치는 날엔」 전문 -

석류가 수줍어 간직해온 가슴을 풀어헤칠 즈음
당신을 나의 별장으로 모시고 싶습니다

나지막한 산자락이 보듬고 있는
초가집 뒤란의 대숲에는 병풍
지붕에는 박덩이 두세 개,
마당 귀 한쪽에 석류나무 한 그루
외롭지 않게 그 옆에 감나무도 한 그루,
가지마다 주먹만한 루비를 달고 있는
흙돌담 아래 국화, 장독대 옆에는 꽈리가 초롱을 밝히고
달밤이면 창에 성긴 그림자를 비춰주는 매화 등걸
텃밭 장다리꽃 위에 고추잠자리 맴도는

오시는 길섶에 코스모스 행렬
미루나무 우듬지의 까치와 함께 마중을 나가겠습니다.
집 앞, 휘돌아 흐르는 시냇물에 하얀 목화송이 얼비치는
목화밭 언덕 위에 시리도록 푸른 하늘
그 하늘 호숫가로 당신을 모시고 싶습니다
올 가을, 감이 붉게 타오를 즈음 사뿐히 오시옵소서.

-「초청장」 전문 -

위의 시 「눈보라 치는 날엔」과 「초청장」도 역시 동류다. 이
두 편의 시에서는 '그리움'과 '기다림'이 표현되고 있는데, 그
하나는 적극적이고 능동적인 방법으로, 다른 하나는 소극적이
고 피동적인 방법으로 표현하는 차이를 보일 뿐 아니라 관념적
으로 나타내는 쪽과 구체적으로 나타내는 차이를 두기도 한다.
즉 「눈보라 치는 날엔」이 관념의 나열에 그쳤다면, 「초청장」은
다양한 사물을 차용함으로써 구체적인 형상화를 꾀하여 실감을
더하고 있다.
조영자 시인의 시 「초청장」은 우선 그 생활설계도부터 미려

(美麗)하다. 가슴을 풀어헤치면서도 수줍어하는 석류라든지, 대숲, 장다리꽃, 고추잠자리, 시냇물, 목화밭, 초가집, 장독대, 흙돌담, 텃밭, 달밤, 시냇물, 매화 등걸만 보아도 인간 생활과 대자연의 사물에서 순수를 맛보게 된다. 여기에서는 순수무구한 대자연 속으로 모시고자 하는 어떤 지고지순한 향토정서와 인정미학을 맛보게 된다.


## 3. 자연스럽고 편안한 예술정신

조영자 시인의 시작태도는 「먹을 간다」는 시제(詩題)에서도 느낌을 받는 바와 같이, 옷깃을 여미며 먹을 가는 단정한 자세에 있다. 한치의 흐트러짐이 없어야 한다는 시정신에 입각하고자 하는 그 단정한 자세. 그것은 그의 시 「빙벽」에도 여실히 나타나 있다.

문인화를 그리자고 버린 종이가 태산이다
이 번에는, 이 번에는 하지만
오르는 길이 빙벽이다

갈 길은 먼데
「쇠막대를 갈겠다磨鐵杵」던 다짐은 어디 가고
이리도 촐랑이며 양철냄비처럼 들끓나
쓰다듬던 붓대를 꺾고 난 후
차마 거울 앞에 설 수도 없다

새삼 힘주어 주먹을 쥐어본다
어디 지름길이 보이더라도 에두르리라
잎 그늘에서 여물어 가는 박처럼
속으로 영그는 석류처럼 천천히
고개 숙이고 빙벽 앞에 다시 선다.

－「빙벽 氷壁 1 」－

여기에서 주목되는 말은 마철저(磨鐵杵)다. 마철저는 조영자 시인의 좌우명이기도 하다. 뜻은 바늘을 만들기 위하여 쇠막대를 간다고 하는 고사, 즉 산에서 공부하던 李白이 하산하는 길에 한 노인이 바늘을 만들기 위해 쇠막대를 돌에 갈고 있는 광경을 보고 크게 깨우쳐 다시 입산했다는 고사에서 유래된 말인데, 그의 수필 「내가 좋아하는 아포리즘」에는 다음과 같은 글이 있다.

나는 화려한 삶이나 요란한 생활을 누릴 수 있는 능력도 없거니와 부러워하지도 않는다. 인간의 행복은 가시적인 것이 아니며, 객관적으로 남이 평할 수 있는 성질의 것도 아니다. 진정한 행복인 마음의 평안과 고요는 눈부시게 화려하고 귀가 울리도록 요란스러운 곳에 머물기를 거부하고, 오히려 가난한 자의 텅 빈 가슴속에 깃들기를 즐겨할 것 같다.…광택도 없고, 값이 비싸지도 않지만 무명베는 따뜻하고 편안하다. 어떤 천보다도 우리의 살갗에는 면이 좋다. 이처럼 우리의 행복도 가장 자연스럽고 평범한 서민들의 생활 속에 깃들고있는 것이라고 나는 믿는다. '진광불휘(眞光不輝!—진짜 광은 번쩍이지 않는다)' 라는 말은 낮고 부드러운 음성으로 내게 생활의 검소함과 겸손함을 속삭여주는 다정한 벗과 같은 말이다.

화조花鳥를 그린다
　새벽이 오는 줄도 모르고
눈썹 달이 쟁반 달로
커 가는 줄도 모르고 매달린다

꽃이 방긋하면 잎이 늘어지고
잎이 생생하면 꽃이 고개 떨구고
꽃과 잎이 팔팔하면
바위가 그만 솜뭉치로 가라앉는
빙
벽
타
기
별표 한 날은 왔는데
개개풀어진 눈빛으로 누워있는 꽃과 새가
나를 보고 배시시 웃는다.
사품에 화선지를 움켜잡고
덫에 치인 짐승처럼 몸부림치다가
꽃뱀 혓바닥 같이 날름거리는
붓에 이끌리어 또 잡는다
숨을 몰아쉬며 빙벽 앞에 다시 선다.

－「빙벽氷壁 2」전문 －

　그의 이 수필 마지막에는 다음과 같은 글로 자아성찰을 피
력하고 있다. 우직스럽지도 않은 그는 스스로 우직스럽다고
지나친 겸손을 내비친다. 그림에 천착하는 치열성이 여실한
그의 시와 함께 수필의 결말부분을 확인하는 일도 뜻이 있을

것이다.

'마철저' 이 말은 스피드 시대에 살고 있는 현대인에게는 무척 어리석고 바보 같은 소리다. 그야말로 넌센스다. 그러나 예술이나 문학의 수련에 있어서는 지름길이 없다. 꾀와 요령이 통하지 않는다. 나는 시서화(詩書畵)를 함께 공부하고 있다. 남달리 배운 것도, 타고난 재능도 없으니 우직스럽게 조금씩 배워나가고 익혀 가는 수밖에 다른 도리가 없다. 언제, 어디서, 어떤 형태로 배움이 중단될지 모르지만 나는 그 날이 올 때까지 쇠막대를 갈 것이다.

꼬마들의 낙서와 일기장에서
죽순처럼 커 가는 눈금 헤아리고
도시락을 수놓을 때 엄마가 되고

비바람에 지친 날개 접는 날
목판에 옥빛 차 향 피워 올리며
살포시 걸을 때 아내가 되고
백 한 살 된 시할머니
이야기 실타래
실도 없는 물레를 끝없이 돌리실 때
상긋이 웃는 손자며느리가 되고
모두 잠든 밤
부엌에서 꽃밭을 그리고
말씨로 조각 보를 모자이크할 때는
늦깎이 학생이 된다.

-「그림자 스케치」전문 -

海松, 서둘러요

은모래 씻는 물결에
하얀 물새 떼
포롱 포롱 날아오르고 있어요
해초 내음 물안개 속에
갈매기 떼
끼룩
끼룩 시를 읊고 있어요

깔려오는 노을 속에
우리의 목선木船
붕- 붕- 콧노래 부르고 있겠어요

海松, 서둘러요.

- 「海松, 서둘러요」 전문 -


　힘겨운 고난의 십자가를 지고 가야 하는 고달픈 삶 속에서도
절망하지 않고 줄기차게 희망과 기개를 잃지 않고 사는 당찬
여인이 그려지고 있다. 대학을 마치자 미국유학을 가서 결혼생
활을 하고, 귀국해서는 가정의 대소사를 치러내면서도 공부를
계속하여 화단과 문단에 데뷔하는 등 늦깎이 여학생의 삶의 모
습이 다양하면서도 적나라하게 펼쳐지고 있다.
　위의 시 「해송海松, 서둘러요」는 천진난만한 소녀의 목소리
가 신선한 충격으로 다가온다. 특별한 사건이 있는 것도 아니
고, 경이롭거나 절묘한 표현이 있는 것도 아닌 데에도 신선하
게 다가오는 것은 세속에 때묻지 않은 동심 때문이다. 대자연

을 경이의 눈으로 바라보면서 짝을 부르는 소녀의 목소리는 물
새나 갈매기를 닮았다.

은모래 씻는 물결, 하얀 물새 떼, 이러한 시각적 색채의식과
형태의식이 그 새떼가 날아오르는 "포롱 포롱"이라는 청각적
음향의식이 복합적 이미지로 살아나는 까닭은 확실히 그의 시
와 그림이 서로 돕는 시화(詩畵)의 절묘한 하모니라 하겠다.
그의 청각적 음향의식은 2연, 3연으로 가면서 "갈매기 끼룩 끼
룩 시를 읊고 있다"거나, "깔려오는 노을 속에/ 우리의 목선木
船/ 붕- 붕- 콧노래 부르고 있겠어요."에서 시청각적(視聽覺
的) 효과음을 내고있다.

여기에서 나는 대구법(對句法)을 활용한 『시경(詩經)』의
「관저(關雎)」를 연상하게 된다.

關關雎鳩 在河之洲 窈窕淑女 君子好逑(정겨운 한 쌍의 징경
이, 하수의 푸른 물결 위에 노는구나, 곱고 착한 아가씨, 임의 어
울리는 짝이로다.)

수평선을 나는 한 쌍의 새와의 대조는 군자와 요조숙녀.
남성(군자)과 여성(숙녀)은 날짐승과는 달리 챔임이 주어진다.
미루어 짐작컨대 「관저(關雎)」와 같이 아름다운 풍경이 인간세
상에서 항시 주어지는 게 아니고 어쩌다 생기는 법인데, 조영
자 시인은 순간포착으로 작품화했다.


# 4. 시화(詩畵)에서 꿈꾸기

나의 둥지 속은 아직도 조선시대
녹슨 물레로 실을 뽑으라면 흉내라도 내야하는, 그이의 기침소리

가 곧 법이다. 바람벽에 금빛 칠한 둥지 속에는 문자의 수풀만 무성하고 세간은 빛 바랜 쪽박 뿐. 나만의 그림자도 거느리지 못하고 생활의 떫은맛을 으레 삼켜야하는 나는 소리 잃은 새가 되어 창문도 환풍기도 없는 밀실에 한 줄기 빛과 바람을 들이려고 통로를 찾는 사이 사십 년이 흘러갔다. 이즘 창이 빠끔히 열려있어도 길들인 새는 밖을 내다볼 줄도 날개를 펼 줄도 모르고 더욱 동굴의 신화 아련한 어머니의 자궁 속으로 자리 옮긴다. 창밖에 부는 푸른 바람이 무관하게 스쳐갈 뿐, 풀잎이 먼저 알고 납작 엎드리니 그이의 기침소리는 청죽靑竹 같기만 하다.

-「나의 둥지 속은」 전문 -

조영자 시인은 비유하건대 가정이라는 견고(완고)한 패각 속에서 진주를 꿈꾸어 왔다. 막중한 책무를 감당해야 하는 까닭에 자유로울 수가 없었다. 속세를 떠나 아무것에도 매이지 않고 자기 하고 싶은 대로 마음 편히 살고 싶지만, 그렇게 할 수 없는 그는 가정을 지키면서 문예를 통하여 탈속의 경지를 추구했다. 따라서 그의 문예(시·서·화)는 현실적인 패각 속의 아픔을 통해서 다듬어낸 진주다. 그러나 그는 호화찬란한 명품을 마리지 않는다 그가 바라는 것은, 요란하게 번쩍이지 않으면서 무명베처럼 소박미의 멋스러움을 지니는 안빈낙도에 관심이 가있다.

그가 주창하는 편안함과 자연스러움은 예술의 본질이다. 영국의 시인 워즈워드가 훌륭한 시는 강한 감정이 자연스럽게 흘러나오는 것이라고 할 때의 그 '자연스러움'이란 바로 시의 본질인 동시에 예술의 본질에 근거하고 있는 것이다. 이제 올바른 풍향을 잡은 그는 겸허한 자세로 소박한 꿈을 지니면서도 어떠한 위무(威武)로도 굽힐 수 없고 영달(榮達)로도 달랜 수 없는 문예(文藝)의 권위를 지키고자 한다.

> 투명하게 빛나는 가을 하늘은
> 누구의 눈빛일까
> 가지마다 쏟아져 내리는 열매를
> 영글게 쓰다듬는 햇살은
> 누구의 손길일까
> 파르르 내려앉는 단풍잎 하나 하나에
> 체온을 불어넣은 이는 누구일까

-「존재」중 전반부 -

사물의 이면에서 작용하는 그 에너지의 본체, 절대존재를 눈치채고 노래하는 시다. 그가 대자연의 사물을 눈여겨보는 까닭은 그의 내면세계에 그러한 자연의 천연색 필름이 깔려있기 때문이다. 여기에서는 행간의 언어를 눈치채야 한다. 교육자 가정의 큰며느리에다 남편도 교육자(대학교수)다. 그녀가 새라면, 막중한 책무를 감당하면서도 노래하며 날지 않을 수 없는 이중고를 겪어야하는 처지에 있다. 감당키 어려운 가정적 십자가로 인해서 노래하지 못하고, 날지도 못한다면 마음고생이 심했을 것이다.

결국 조영자라는 이름의 새는 새끼들을 길러서 날만할 때 다시금 멈췄던 노래를 부르기 시작했고, 하늘을 향하여 날기 시작했다. 이는 마치 공항의 비행기처럼 맹렬한 충전으로 공기를 박차고 뜨는 연습을 치열하게 한다. 그는 둥우리를 지키면서 비상을 꿈꾸었다.

따라서 '시화(詩畵)에서 꿈꾸기'는 그의 인생의 집약이다. 이 한 마디로 그의 인생과 예술을 담는다. 그가 빨래를 하면서 시를 외운다거나 설거지를 하면서도 시를 외우는 일은 새가 날기 위해서 날개를 파닥이는 일이다. 비행기가 이륙하기 위해서 엔진을 맹렬하게 가동하는 것처럼.

서두에서 전제한 바와 같이, '시는 순간의 형이상학'이라는 말이나 '시는 신(神)의 말'이라는 뜻은 하늘로 나는 새나 뜨는 비행기의 차원에 다름이 아니다. 조영자 시인은 제대로 날고 제대로 뜨기 위해서 시어의 충전을 계속해 온 끝에 비로소 시집을 생산하게 되었다. 그는 한시와 동양정신에 익숙하기 때문에 신세대에게는 거리가 있을지 모르나 장구한 시간성을 감안하여 보면 그 운치와 우아한 멋스러움이 스며들어야 한다.

그는 아름답게 뜨고, 아름답게 날기 위해서 진력했다. 그의 노래와 나래 짓은 선량해야 하고 아름다워야 한다. 그는 어려움을 뚫고 비상하여 희열을 노래하는 이미지를 행간에 심는다. 아무도 모르는 눈물이 마치 토란잎에 맺힌 아침 이슬처럼 영롱한 수은 빛을 뿜는다. 시의 예술성과 영원성을 생각하게 될 때 그의 이미지는 역시 시화(詩畵)에서 꿈꾸는 듯하다.

# 시화詩畵에서 꿈꾸기

2005년 11월 25일 제1판 1쇄 발행

지은이/조영자
펴낸이/강선희
펴낸곳/가림출판사

등록/1992. 10. 6. 제4-191호
주소/서울시 광진구 구의동 57-71 부원빌딩 4층
대표전화/458-6451    팩스/458-6450
홈페이지  http://www.galim.co.kr
e-mail  galim@galim.co.kr

값 6,000원

ISBN  89-7895-219-4  03810

가림출판사 · 가림M&B · 가림Let's의 홈페이지(http://www.galim.co.kr)에 들어오시면 가림출판사 · 가림M&B · 가림Let's의 신간도서 및 출간 예정 도서를 포함한 모든 책들을 만나실 수 있습니다.
　온라인 서점을 통하여 직접 도서 구입도 하실 수 있으며 가림 홈페이지 내에 서전국 대형 서점들의 사이트에 링크하시어 종합 신간 안내 및 각종 도서 정보, 책과 관련된 문화 정보를 받아보실 수 있습니다.
　또한 홈페이지 방문시 회원으로 가입하시면 신간 안내 자료를 보내드립니다.